Čierny Muž

Čierny Muž

ALDIVAN TORRES

Canary Of Joy

Contents

1

„Čierny muž"
Aldivan Torres
Čierny   Muž

Autor: Aldivan Torres
2020-Aldivan Torres
Všetky práva vyhradené

Táto kniha, vrátane všetkých jej častí, je chránená autorským právom a nemôže byť reprodukovaná bez súhlasu autora, ďalej predaná alebo prevedená.

Aldivan Torres, narodený v Brazílii, je literárny umelec. Sľubuje so svojimi spismi potešiť verejnosť a viesť ho k potešenie z potešenia. Koniec koncov, sex je jedna z najlepších vecí, ktoré existujú.

Zadanie a vďaka

Venujem túto erotickú sériu všetkým milencom sexu a úchylákom, ako som ja. Dúfam, že splním očakávania všetkých šialených mysle. Začínam tu pracovať s presvedčením, že Amelinha, Belinha a ich priatelia budú robiť históriu. Bez ďalších okolkov, teplé objatie mojich čitateľov. Dobré čítanie a kopec zábavy.

S láskou, autor.

Prezentácia

Amelinha a Belinha sú dve sestry narodené a vychovávané vo vnútri Pernambuco. Dcéry otcov poľnohospodárstva vedeli, ako čeliť ťažkým ťažkostiam krajiny s úsmevom na tvári. Týmto sa dostávali k svojim osobným výpravám. Prvým je audítor verejných financií a druhý, menej inteligentný, je obecný učiteľ základného vzdelávania v Arcoverde.

Aj keď sú šťastní profesionáli, obaja majú vážny chronický problém vo vzťahoch, pretože nikdy nenašli svojho princa šarmantného, ktorý je snom každej ženy. Najstaršia Belinha, prišla žiť s mužom. Zradili však to, čo sa vytvorilo v jej malých srdcových nenapraviteľných traumách. Bola nútená rozlúštiť sa a sľúbila, že už nikdy nebude trpieť kvôli mužovi. Amelinha, chudáčik, nevie sa ani zasnúbiť. Kto si chce vziať Amelinha? Je drzá brunetka, chudá, stredná výška, Normálny zadok, prsia, ako melón, hrudník definovaný za zajatým úsmevom. Nikto nevie, aký je jej skutočný problém, alebo skôr oboje.

V súvislosti s ich medziľudským vzťahom sú veľmi blízko k zdieľaniu tajomstiev. Keďže Belinha zradil darebák, Amelinha vzala bolesti svojej sestry a tiež sa chcela hrať s mužmi. Tí dvaja sa stali dynamickou duo známou, ako " Zvrátené sestry „. Napriek tomu, muži milujú byť ich hračky Je to preto, že nie je nič lepšie, ako milovať Belinha a Amelinha. Spoznám ich príbehy spolu?

Ten černoch

Amelinha a Belinha, ako aj veľkí profesionáli a milenci, sú krásne a bohaté ženy začlenené do sociálnych sietí. Okrem samotného sexu sa tiež snažia nájsť priateľov.

Raz sa jeden muž dostal do virtuálneho rozhovoru. Jeho prezývka bola „Čierny muž". V tejto chvíli sa jej chveje, pretože milovala černochov. Legenda hovorí, že majú nesporný šarm.

"Ahoj, kráska! - Volali ste požehnaného černocha.

"Ahoj, dobre? „Odpovedz zaujímavá Belinha.

"Všetko skvelé. Dobrú noc!

"Dobrú noc. Milujem černochov!

"Toto sa ma dotklo hlboko! Ale je na to nejaký zvláštny dôvod? Ako sa voláš?

"Nuž, dôvodom je, že moja sestra a ja mám rád mužov, ak viete, čo tým myslím. Pokiaľ ide o meno, aj keď je to veľmi súkromné prostredie, nemám čo skrývať. Volám sa Belinha. Rád vás spoznávam.

"Potešenie je na mojej strane. Volám sa Flavius a som veľmi milý!

„ Cítil som pevnosť v jeho slovách. Myslíš, že moja intuícia je správna?

" Nemôžem na to odpovedať, pretože to by skončilo celá záhada. Ako sa volá tvoja sestra?

"Volá sa Amelinha.

"Amelinha! Nádherné meno! Môžete sa opísať fyzicky?

"Som blondína, vysoká, silná, dlhá vlasy, veľký zadok, stredné prsia a mám sochárske telo. A ty?

„ Čierna farba, jeden meter a osemdesiat centimetrov vysoká, silná.

"Znovu ma vzrušuješ!

„ Netráp sa tým. Kto ma pozná, nikdy nezabudne?

"Chceš ma teraz priviesť k šialenstvu?

"Prepáč mi to, zlatko! Je to len pridanie troch šarmu do nášho rozhovoru.

"Koľko máš rokov?

" 25 rokov a tvoj?

"Mám 38 rokov a moja sestra 34. Napriek vekovému rozdielu sme si veľmi blízki. V detstve sme sa zjednotili, aby sme prekonali ťažkosti. Keď sme boli mladí, zdieľali sme sa o svoje sny. A teraz, v dospelosti, zdieľame naše úspechy a frustrácie. Nemôžem bez nej žiť.

"Super! Tento tvoj pocit je veľmi krásny. Mám potrebu stretnúť sa s vami oboma. Je taká neposlušná, ako ty?

"V dobrom zmysle je najlepšia v tom, čo robí. Veľmi múdry, krásny a slušný. Moja výhoda je, že som múdrejšia.

„ Ale v tomto nevidím žiadny problém. Mám rád oboje.

"Naozaj sa ti to páči? Vieš, Amelinha je špeciálna žena. Nie preto, že je to moja sestra, ale preto, že má obrovské srdce. Je mi ju trochu ľúto, pretože nikdy nedostala ženícha. Viem, že jej snom je vydať sa. Pridala sa ku mne do povstania, pretože ma zradil môj spoločník. Odvtedy hľadáme len rýchle vzťahy.

"Úplne rozumiem. Ja som tiež perverzná. Ale nemám žiadny zvláštny dôvod. Chcem si len užiť s, ako mladosť. Vyzeráte, ako skvelí ľudia.

"Ďakujem veľmi pekne. Naozaj si z Arcoverde?

"Áno, som z centra mesta. A ty?

„ Zo susedstva Svätý Krištof.

"Super. Žiješ sám?

„ Áno. Blízko autobusovej stanice.

"Môžete prísť na návštevu od muža?

" Radi by sme. Ale musíš zvládnuť oboje. Dobre?

„ Neboj sa, láska. Zvládnem to až na tri.

" Pravda!

"Hneď som tam, vysvetlíte mi miesto?

„ Áno. Bude mi potešením.

"Viem, kde je. Idem tam!

Čierny muž opustil miestnosť a Belinha tiež. Využila to a presťahovala sa do kuchyne, kde stretla svoju sestru. Amelinha umývala špinavé riady na večeru.

"Dobrú noc, Amelinha. Neuveríš. Hádaj, kto príde?

"Nemám tušenie, sestra. Kto?

„ Flavius. Stretol som ho vo virtuálnej chatovej miestnosti. Dnes bude našou zábavou.

"Ako vyzerá?

„ Je Čierny muž. Zastavil si sa niekedy a myslel si, že by to mohlo byť pekné? Chudák nevie, čoho sme schopní!

"Naozaj je, sestra! Poďme ho dokončiť.

"On padne, so mnou! (Belinha).

"Nie! Bude to so mnou odpoveď Amelinha.

"Jedna vec je istá: s jedným z nás padne" Belinha uzavretá.

"Je to pravda! Čo keby sme všetko pripravili v spálni?

"Dobrý nápad. Pomôžem ti!

Dve neusporiada teľné bábiky išli do miestnosti a nechali všetko zorganizované na príchod samca. Hneď, ako skončia, počujú zvonček.

"Je to on, sestra? Opýtala sa Amelinha.

„ Poďme to skontrolovať spolu! „Pozval Belinha.

"No tak! Amelinha súhlasila.

Krok za krokom, dve ženy prešli dverami spálne, prešli jedálnou miestnosťou a potom prišli do obývačky. Išli k dverám. Keď ho otvoria, stretávajú sa s očarujúcim a mužným úsmevom Flavius.

"Dobrú noc! Dobre? Ja som Flavius.

"Dobrú noc. Nemáš za čo. Som Belinha, ktorá sa s tebou rozprávala v počítači a toto milé dievča vedľa mňa je moja sestra.

"Rád ťa spoznávam, Flavius! - Amelinha povedala.

"Rád vás spoznávam. Môžem vojsť?

"Iste! „Dve ženy odpovedali súčasne.

Žrebec mal prístup do miestnosti pozorovaním každého detailu dekorácie. Čo sa dialo v tej vriacej mysli? Obzvlášť ho dotkli každá z tých samíc. Po krátkom okamihu, pozrel sa hlboko do očí obom dievčatám, ktoré hovoria:

" Ste pripravený na to, čo som urobil?

Sme pripravení – povedali milenci.

Trio sa zastavilo a prechádzalo dlhú cestu do väčšej miestnosti domu. Zatvorením dverí, boli si istí, že nebo pôjde do pekla za pár sekúnd. Všetko bolo perfektné: usporiadanie uterákov, sexuálne hračky, pornofilmu, hračky na stropnej televízii a romantickej hudbe. Nič by nezobralo potešenie z skvelého večera.

Prvým krokom je sedieť pri posteli. Černoch sa začal vyzliekať šaty z tých dvoch žien. Ich túžba a smäd po sexe bola taká veľká, že spôsobili trochu úzkosti v tých sladkých dámach. Vyzliekol si tričko, ukazoval hrudník a brucho dobre vyšlo pri každodennom cvičení v telocvični.

Tvoje priemerné vlasy po celom tomto regióne priťahujú vzdychy od dievčat. Potom si vyzliekol nohavice, ktorý umožňoval pohľad na jeho krabicovú spodnú bielizeň, a tak ukázalo jeho objem a mužnosť. V tomto čase im dovolil dotknúť sa orgánu, aby ho viac erekcie. Žiadne tajomstvá, vyzliekol si spodnú bielizeň, aby ukázal všetko, čo mu Boh dal.

Mal 20 centimetrov dlhý, 14 centimetrov v priemere, aby ich priviedol do šialenstva. Bez straty času, spadli na neho. Začali predohrami. Kým jej jeden prehltol vtáka do úst, druhý lízal vrecia na mieške. V tejto operácii sú to tri minúty. Dosť dlho na to, aby som bol pripravený na sex.

Potom začal preniknúť do jedného a potom do druhého bez preferencie. Časté tempo raketoplánu spôsobilo stonanie, krik a viacnásobný orgazmus po čine. Bolo to 30 minút vaginálneho sexu. Každý polovicu času. Potom uzavreli orálnym a análnym sexom.

Oheň

Bola to chladná, tmavá a daždivá noc v hlavnom meste Pernambuco. Boli chvíle, keď predný vietor dosiahol 100 kilometrov za hodinu, keď sa úbohé sestry Amelinha a Belinha. Dve perverzné sestry sa stretli v obývačke ich jednoduchej rezidencie v susedstve Svätého Krištofa. Bez ničoho, že sa rozprávali šťastne o všeobecných veciach.

"Amelinha, aký si mal deň na farme?

" Rovnaká stará vec: zorganizoval som daňové plánovanie daňovej a colnej správy, riadil platbu daní, pracoval v oblasti predchádzania daňovým únikom a boja proti nim. Je to tvrdá práca a nuda. Ale odmeňovanie a dobre platené. A ty? Aká bola tvoja rutina v škole? Opýtala sa Amelinha.

"V triede som prešiel obsah, ktorý študentov viedol dobrým možným spôsobom. Opravil som chyby a vzal som dva mobily študentov, ktorí rušili triedu. Tiež som dával hodiny správania, postoja, dynamiky a užitočné rady. Mimochodom, okrem toho, že som učiteľom, som ich matka. Podľa môjho názoru je škola náš druhý domov a musíme sa starať o priateľstvá a ľudské kontakty, ktoré z nej máme, Belinha odpovedala.

"Úžasné, moja malá sestra. Naše práce sú skvelé, pretože poskytujú dôležité emocionálne a interakcie medzi ľuďmi. Žiadny človek nemôže žiť izolovane, nieto ešte bez psychologických a finančných zdrojov' analyzoval Amelinha.

"Súhlasím. Práca je pre nás nevyhnutná, pretože nás robí nezávislými od mužskej ríše v našej spoločnosti "povedala Belinha".

" Presne. Budeme pokračovať v našich hodnotách a postojoch. Amelinha je dobrá len v posteli.

"Keď už hovoríme o mužoch, čo si myslíš o Christianovi? „Belinha sa pýtala.

„ Dodržal moje očakávania. Po takej skúsenosti, moje inštinkty a moja myseľ vždy žiadajú viac generovania vnútornej nespokojnosti. Aký je váš názor? Opýtala sa Amelinha.

„Bolo to dobré, ale tiež sa cítim, ako ty: neúplné. Som suchý z lásky a sexu. Chcem viac a viac. Čo máme na dnes? Povedala Belinha.

„ Došli mi nápady. Noc je studená, tma a tma. Počuješ vonku ten zvuk? Je tu veľa dážď, silných vietor, bleskov a hromov. Bojím sa! Povedala Amelinha.

„Aj ja! „Belinha sa priznala.

V tejto chvíli sa po celom Arcoverde počuje búrka. Amelinha skočí do lona Belinha, ktorá kričí bolesti a zúfalstva. Zároveň chýba elektrina, a obaja zúfalo.

„Čo teraz? Čo urobíme Belinha? Opýtala sa Amelinha.

"Nechaj ma, ty suka! Prinesiem sviečky! Povedala Belinha.

Belinha jemne strčila sestru k gauči, keď sa obchytkávala steny, aby sa dostala do kuchyne. Miesto je príliš malé, táto operácia netrvá dlho. Použitím taktu, vezme sviečky do skrine a zapáli ich so zápalkami strategicky umiestnenými na šporáku.

S osvetlením sviečky sa pokojne vráti do miestnosti, kde stretne svoju sestru s záhadným úsmevom, ktorý má otvorený tvár. Čo mala za lubom?

"Môžete sa ventilovať, sestra! Viem, že si myslíš niečo, povedala Belinha.

"Čo ak nazveme mestskému požiaru varovaním požiaru? Povedala Amelinha.

"Ujasnime si to. Chceš vymyslieť vymyslený oheň, aby si nalákal týchto mužov? Čo ak nás zatknú? „Belinha sa bála.

"Môj kolega! Som si istý, že sa im bude páčiť prekvapenie. Čo musia robiť v takejto tmavej a nudnej noci? Povedala Amelinha.

" Máte pravdu. Poďakujú vám za zábavu. Zlomíme oheň, ktorý nás pohltí zvnútra. Otázka znie: Kto bude mať odvahu im zavolať? Povedal Belinha.

"Som veľmi hanblivý. Nechám túto úlohu na vás, moja sestra, povedala Amelinha.

"Vždy ja. Dobre. Čokoľvek sa stane, stane sa Belinha uzavrela.

Vstup z gauča, Belinha ide k stolu v rohu, kde je mobil nainštalovaný. Volá hasičské číslo hasičského zboru a čaká na odpoveď. Po pár dotykoch počuje hlboký, pevný hlas rozprávajúci z druhej strany.

"Dobrú noc. Toto je hasičský zbor. Čo chceš?

"Volám sa Belinha. Bývam v susedstve Svätého Krištofa tu v Arcoverde. So sestrou sme zúfalo zúfalí s tým dažďom. Keď elektrina vyšla v našom dome, spôsobila skrat, začala zapaľovať objekty. Našťastie sme s sestrou išli von. Oheň pomaly pohltí dom. Potrebujeme pomoc hasičov, povedal, že ju to dievča rozrušilo.

"Upokoj sa, priateľu. Čoskoro tam budeme. Môžete nám poskytnúť podrobné informácie o vašom mieste? Opýtal som sa požiarnikov v službe.

" Môj dom je presne na Hlavná ulica, tretí dom napravo. Je to v poriadku?

"Viem, kde je. Budeme tam za pár minút. Buď pokojný, povedal hasič.

"Čakáme. Ďakujem! Povedala Belinha.

Vrátiť sa na gauč so širokým úsmevom, tí dvaja si pustili vankúše a špehovali so zábavou, ktorú robili. Neodporúča sa to však robiť, ak neboli dve kurvy, ako sú oni.

Asi o desať minút neskôr počuli klopanie na dvere a išli to zdvihnúť. Keď otvorili dvere, čelili trom magickým tváram, každá s charakteristickou krásou. Jeden bol čierny, šesť stôp vysoký, nohy a ramenné médium. Ďalšia bola tma, meter a 90 vysoká, svalová a sochárska. Tretia bola biela, krátka, tenká, ale veľmi milá. Biely chlapec sa chce predstaviť:

"Dobrú noc, dámy, dobrú noc! Volám sa Roberto. Tento muž vedľa sa volá Matthew a hnedý muž, Philip. Ako sa voláte a kde je oheň?

"Som Belinha, hovoril som s vami po telefóne. Táto bruneta je moja sestra Amelinha. Poďte ďalej a vysvetlím vám to.

„ Okej " Zobrali troch hasičov naraz.

Vošiel do domu a všetko vyzeralo normálne, pretože elektrina sa vrátila. Usadili sa na gauči v obývačke spolu s dievčatami. Podozrivé, oni sa rozprávajú.

"Oheň sa skončil, že? - Matthew sa pýtal.

„ Áno. Už ju kontrolujeme vďaka veľkému úsiliu, vysvetľovala Amelinha.

Škoda! Chcel som pracovať. Tam v kasárňach je rutina taká monotónna povedal Felipe.

" Mám nápad. Čo takto pracovať príjemnejším spôsobom? „Belinha navrhla.

„ Znamená to, že si to, čo si myslím? Otázka Felipe.

„ Áno. Sme slobodné ženy, ktoré milujú potešenie. Máš chuť na zábavu? Povedal Belinha.

„ Iba ak teraz odídete " odpovedal černoch.

„ Aj ja som dnu " potvrdil temný muž.

„ Počkajte na mňa " Biely chlapec je voľný.

"Tak poďme" povedať dievčatá.

Žena vošla do izby s manželskou posteľou. Potom začali sexuálne orgie. Belinha a Amelinha sa zmenili na potešenie troch hasičov. Všetko vyzeralo magické a neexistoval lepší pocit, ako byť s nimi. S rôznymi darmi zažili sexuálne a polohové variácie, ktoré vytvárajú dokonalý obraz.

Dievčatá vyzerali sexuálne nenásytné, čo tých profesionálov priviedlo k šialenstvu. Prešli noc sexom a potešenie sa zdalo, že nikdy neskončí. Neodišli, kým im nezavolali z práce. Odišli a odišli odpovedať na policajnú správu. Aj tak by nikdy nezabudli na to úžasné skúsenosti popri " zvrátené sestry".

Lekárska konzultácia.

Začalo to na krásnom vonkajšom kapitáli. Obyčajne sa dve úchylné sestry zobudili skoro. Avšak, keď vstali, necítili sa dobre. Kým Amelinha kýchala, jej sestra Belinha sa cítila trochu udusená. Tieto fakty pravdepodobne pochádzajú z predchádzajúcej noci na námestí Virginie, kde pili, pobozkali ústa a v pokojnej noci sa harmonicky šnupali.

Keďže sa necítili dobre a bez sily na nič, sedeli na gauči nábožensky a rozmýšľali, čo robiť, pretože profesionálne záväzky čakali na vyriešenie.

"Čo urobíme, sestra? Som úplne bez dychu a vyčerpaný " povedal Belinha.

"Hovor mi o tom! Bolí ma hlava a začínam mať vírus. Stratili sme sa! Povedal Amelinha.

"Ale nemyslím si, že je to dôvod na to, aby som zmeškal prácu! Ľudia na nás závisia! Povedal Belinha

"Nehovor mi, že si myslíte na to, na čo myslím…. - Belinha bola ohromená.

"Správne. Poďme k doktorovi! Bude to veľký dôvod na to, aby sme si vynechali prácu a kto vie, že sa nestane to, čo chceme! Povedal Amelinha

"Skvelý nápad! Tak na čo čakáme? Pripravte sa! Povedal Belinha.

"No tak! „Amelinha súhlasila.

Obaja išli do ich príslušných priestorov. Boli tak nadšení z rozhodnutia, že ani nevyzerali choro. Bol to len ich vynález? Odpusť mi, čitateľ, nemysli zle na našich priateľov. Namiesto toho ich budeme sprevádzať v tejto vzrušujúcej novej kapitole ich života.

V spálni sa kúpali v apartmáne, obliekali si nové šaty a topánky, česali si dlhé vlasy, obliekli si francúzsky parfum a potom išli do kuchyne.

Tam rozbili vajíčka a syr, ktoré naplnili dva bochníky chleba a jedli chladený džús. Všetko bolo veľmi chutné. Aj tak sa zdalo, že to necítili, pretože úzkosť a nervozita pred menovaním lekára boli obrovské.

So všetkým pripraveným odišli z kuchyne, aby opustili dom S každým krokom, ktoré urobili, ich malé srdcia hádzali emóciami v úplne novej skúsenosti. Požehnaní, nech sú všetci! Optimizmus ich ovládal a bol niečo, čo nasledovali ostatní!

Pred domom idú na parkovisko. Otvorenie dverí v dvoch pokusoch, stoja pred skromným červeným autom. Napriek ich dobrému vkusu v autách uprednostnili najpopulárnejších pred klasikou strachu zo spoločného násilia prítomného takmer vo všetkých brazílskych regiónoch.

Bez meškania dievčatá vstúpia do auta a potom jeden z nich zatvorí garáž, ktorá sa vráti do auta hneď potom. Ktorá jazdí je Amelinha so skúsenosťami už desať rokov. Belinha ešte nie je dovolené šoférovať.

Veľmi krátka cesta medzi ich domom a nemocnicou sa robí s bezpečnosťou, harmóniou a pokojom. V tom momente mali falošný pocit, že môžu urobiť čokoľvek. V rozpore sa báli jeho prefíkanosti a slobody. Samotné boli prekvapené prijatými opatreniami. Nebolo to pre nič menej, že sa volali štetky dobrí bastardi!

Prišli do nemocnice, plánovali stretnutie a čakali, že sa ozve. V tomto časovom intervale využili občerstvenie a vymieňali si správy prostredníctvom mobilnej aplikácie so svojimi drahými sexuálnymi služobníkmi. Cynickejšie a veselšie, ako tieto, nebolo možné byť!

Po čase je rad na nich. Neoddeliteľní, vstúpia do úradu starostlivosti. Keď sa to stane, doktor takmer dostal infarkt. Pred nimi bol vzácny kus muža: vysoký blondín, jeden metre a 90 centimetrov vysoký, brada, vlasy, že tvorí vrkoč, svalové ruky a prsia, prirodzené tváre s anjelským pohľadom. Aj predtým, ako mohli navrhnúť reakciu, pozýva:

"Sadnite si, obaja!

"Ďakujem! - Povedali oboje.

Obaja majú čas urobiť rýchlu analýzu životného prostredia: pred servisným stolom, lekár, kreslo, v ktorom sedel a za šatníkom. Na pravej strane, posteľ. Na stene, expresionistické obrazy autora Cândida

Portinariho zobrazujúce muža z vidieka. Atmosféra je veľmi útulná, keď dievčatá nechávajú pohodlie. Atmosféra uvoľnenia je porušená formálnym aspektom konzultácie.

"Povedzte mi, čo cítite, dievčatá!

"Upokoj sa, nepanikár! Čo keby sme sa pridali k milým? Povedal Amelinha.

To znelo neformálne pre dievčatá. Aký atraktívny bol ten blondiak. Muselo to byť chutné jesť.

„ Bolesť hlavy, indispozícia a vírus! Povedala Amelinha.

"Som bez dychu a unavený! „Tvrdil Belinha.

"To je v poriadku! Pozriem sa na to! Ľahni si na posteľ! - Doktor sa pýtal.

Kurvy sotva dýchali na túto žiadosť. Profesionál ich prinútil vyzliecť sa a cítiť ich v rôznych častiach, ktoré spôsobili zimnicu a studené poty. Uvedomuješ si, že s nimi nebolo nič vážne, sprievodca žartoval:

"Všetko vyzerá perfektne! Čoho chceš, aby sa báli? Injekciu do zadku?

"Milujem to! Ak je to ešte väčšia a hrubá injekcia! Povedal Belinha.

" Budeš sa uplatňovať pomaly, láska? Povedal Amelinha.

„ Už žiadate príliš veľa! Povedal lekár.

Opatrne zatvoril dvere, padol na dievčatá, ako divoké zviera. Najprv si vyzliekol zvyšok oblečenia z tiel. Tým sa ešte viac zosilňuje jeho libido. Tým, že je úplne nahý, obdivuje na chvíľu tie sochárske tvory. Potom je na rade, aby sa predvádzal. Uistil sa, že sa vyzliekajú. To zvyšuje vzájomnú interakciu a intimitu medzi skupinou.

So všetkým pripraveným, začnú predbežné sexuálne. Použitím jazyka v citlivých častiach, ako je konečník, zadok a uši blondína spôsobuje mini potešený orgazmus u oboch žien. Všetko išlo dobre, aj keď niekto klopal na dvere. Nemá cestu von, musí odpovedať. Trochu kráča a otvorí dvere. Pritom narazil na pohotovú sestru: štíhly mulat s tenkými nohami a veľmi nízko.

" Doktor, mám otázku o pacientovej liečbe: je to päť alebo 300 miligramov aspirín? Požiadal Roberta, aby ukázal recept.

" 500! Potvrdené Alex.

V tejto chvíli, sestrička videla nohy nahých dievčat, ktoré sa snažili skryť. Smial sa vnútri.

"Trochu žartujem, čo, doktor? Ani nevolaj svojim priateľom!

Prepáčte! Chceš sa pridať k gangu?

"Veľmi rád!

" Tak poď!

Dvaja vošli do miestnosti zatvárali za nimi dvere. Viac, ako rýchlo sa mulat vyzliekol. Úplne nahý, ukázal svoj dlhý, hrubý žilnatý sťahovací žalúdok, ako trofej. Belinha bola potešená a čoskoro mu dávala orálny sex. Alex tiež žiadal, aby Amelinha urobila to isté s ním. Po perorálnom začali anál. V tejto časti sa Belinha domnieva, že je veľmi ťažké držať sa vtáka príšery sestry. Ale keď vstúpil do diery, ich potešenie bolo obrovské. Na druhej strane, nemali žiadne ťažkosti, pretože ich penis bol normálny.

Potom mali vaginálny sex v rôznych pozíciách. Pohyb vzadu a späť v dutine spôsobil halucinácie. Po tomto štádiu, štyria sa zjednotili v skupinovom sexe. Bola to najlepšia skúsenosť, v akej sa vynaložila zostávajúca energia. O 15 minút neskôr boli obaja vypredané. Pre sestry by sex nikdy neskončil, ale dobrý ako boli rešpektovaní slabosť týchto mužov. Neželajú si rušiť prácu, prestanú brať osvedčenie o odôvodnení práce a osobný telefón. Odišli úplne kompostované bez toho, aby vzbudili pozornosť niekoho počas prechodu nemocnice.

Prišli na parkovisko, vošli do auta a našli cestu späť. Akokoľvek šťastní sú, už premýšľali o ďalšom sexuálnom zločine. Úchylné sestry boli naozaj niečo!

Súkromná lekcia

Bolo to popoludnie, ako každé iné. Nováčikovia z práce, perverzné sestry boli zaneprázdnené domácimi prácami. Po dokončení všetkých úloh sa zhromaždili v miestnosti, aby si trochu oddýchli. Zatiaľ čo Amelinha čítala knihu, Belinha použila mobilný internet na prezrieť jej obľúbené webové stránky.

V určitom bode druhý krik nahlas v miestnosti, ktorý desí jej sestru.

" Čo je, dievča? Zbláznil si sa? Opýtala sa Amelinha.

„Práve som sa dostal na webovú stránku súťaží, ktorá bola vďačná informovaná Belinha.

" Povedz mi viac!

"Registrácie federálneho regionálneho súdu sú otvorené. Poďme na to?

"Dobrý nápad, sestra! Aký je plat?

"Viac, ako desať tisíc počiatočných dolárov.

" Veľmi dobre! Moja práca je lepšia. Avšak, urobím súťaž, pretože sa pripravujem na iné udalosti. Bude slúžiť, ako experiment.

"Ide ti to veľmi dobre! Ty ma povzbudzuješ. Neviem, kde začať. Môžeš mi dať tipy?

„Kúpte virtuálny kurz, položte veľa otázok na testovacích miestach, urobte a opakujte predchádzajúce testy, píšte zhrnutia, sledovanie tipov a stiahnite si aj dobré materiály na internete.

" Ďakujem! Ja si vezmem všetky tieto rady! Ale potrebujem niečo viac. Pozri sestra, keďže máme peniaze, čo keby sme zaplatili za súkromnú lekciu?

"To ma nenapadlo. To je dobrý nápad! Máte nejaké návrhy pre kompetentnú osobu?

„Mám tu veľmi kompetentného učiteľa z Arcoverde v telefónnych kontaktoch Pozri sa na jeho fotku!

Belinha dala sestre mobil. Keď videla chlapčenský obraz, bola nadšená. Okrem krásneho, bol múdry! Bola by to dokonalá obeť dvojice, ktorá sa pripojila k užitočným.

"Na čo čakáme? Choď za ním, sestra! Musíme sa čoskoro učiť. - Amelinha povedala.

" Máš to mať! „Belinha prijatá.

Vstávala z gauča, začala vytočiť čísla telefónu na telefóne. Keď sa niekto ozve, bude to trvať len pár okamihov, kým sa zodvihne.

" Ahoj. Si v poriadku?

"Všetko je skvelé, Renato.

"Vyšlite rozkazy.

„Surfoval som internet, keď som zistil, že žiadosti o federálnu regionálnu súdnu súťaž sú otvorené. Okamžite som vymenoval svoju myseľ, ako slušný učiteľ. Pamätáš si školskú sezónu?

„Pamätám si ten čas dobre. Dobré časy, ktoré sa nevrátia!

"Presne tak! Máš čas dať nám súkromnú lekciu?

"To je rozhovor, mladá dáma! Pre teba mám vždy čas! Aký dátum máme stanoviť?

"Môžeme to urobiť zajtra o druhej? Musíme začať!

" Samozrejme, že áno! S mojou pomocou, pokorne hovorím, že šance na prežitie sa neuveriteľne zvyšujú.

"Som si tým istý!

" Aké dobré! Môžeš ma očakávať o druhej.

"Ďakujem veľmi pekne! Uvidíme sa zajtra!

"Uvidíme sa neskôr!

Belinha zavesila telefón a napísala úsmev pre jeho spoločníka. Podozrivá odpoveď sa Amelinha spýtala:

"Ako to šlo?

„Prijal. Zajtra o druhej tu bude.

"Aké dobré! Nervy ma zabíjajú!

" Upokoj sa, sestra! Bude to v poriadku.

" Pripravíme večeru? Už som hladný!

"Dobre si to pamätám!

Pár išiel z obývačky do kuchyne, kde v príjemnom prostredí rozprával, hral, varil okrem iných aktivít. Boli to príkladné postavy sestier zjednotených bolesťou a osamelosťou. Fakt, že boli bastardi v sexe, ich kvalifikoval ešte viac. Ako všetci viete, brazílska žena má teplú krv.

Hneď nato sa usadili okolo stola, mysleli na život a jeho peripetiu.

"Jedol som toto chutné kura, pamätám si černocha a hasičov! Chvíle, ktoré nikdy neprejdú! - Belinha povedala!

" Hovor mi o tom! Tí chlapi sú vynikajúci! Nehovoriac o sestre a doktorovi! Aj ja som to miloval! "Pamätáš si Amelinha!

" To je pravda, sestra moja! Mať nádherný sťažeň, každý muž sa stáva príjemným! Nech mi feministky odpustia!

"Nemusíme byť tak radikálny...!

Dvaja sa smejú a jedia jedlo na stole. Na chvíľu, na ničom inom nezáležalo. Zdalo sa, že sú sami na svete a kvalifikovali ich, ako bohyne krásy a lásky. Pretože najdôležitejšie je cítiť sa dobre a mať sebaúctu.

V sebe dôverné, pokračujú v rodinnom rituáli. Na konci tohto štádia surfujú internet, počúvajú hudbu na obývačke stereo, pozerajú telenovely a neskôr porno film. Tento zhon ich necháva bez dychu a unavený ich núti ísť do svojich miestností. Nečakali na ďalší deň.

Nebude dlho trvať, kým spadnú do hlbokého spánku. Okrem nočných morov, noci a úsvitu sa odohrávajú v normálnom dosahu. Hneď, ako príde svitanie, vstávajú a začnú sa riadiť bežnou rutinou: kúpeľ, raňajky, práca, vrátiť sa domov, kúpeľ, obed, zdriemnuť a presťahovať sa do miestnosti, kde čakajú na plánovanú návštevu.

Keď počujú klopanie na dvere, Belinha vstane a odpovie. Pritom narazil na učiteľa úsmevu. To mu spôsobilo dobrú vnútornú spokojnosť.

" Vitaj späť, priateľu! Pripravený nás učiť?

" Áno, veľmi, veľmi pripravený! Ešte raz ďakujem za túto príležitosť! Povedal Renato.

" Poďme dnu! Povedal Belinha.

Chlapec dvakrát nerozmýšľal a prijal žiadosť dievčaťa. Pozdravil Amelinha a na jej signál, sedel na gauči. Jeho prvý postoj bol vyzliecť čiernu pletenú blúzku, pretože bola príliš horúca. S tým odišiel dobre plechovku v telocvični, pot kvapkanie a jeho tmavo kožené svetlo. Všetky tieto detaily boli prirodzeným afrodiziakom pre tých dvoch " zvrátený".

Predstierať, že sa nič nedeje, začal sa rozhovor medzi nimi troma.

" Pripravili ste dobrú hodinu, profesor? Opýtala sa Amelinha.

"Áno! Začnime akým článkom? Povedal Renato.

"Neviem... povedal Amelinha.

"Čo keby sme sa najprv zabavili? Potom, čo si vyzliekol tričko, som mokrý! Povedal Belinha.

„Tiež som" povedal Amelinha.

"Vy dvaja ste naozaj sexuálni maniaci! Nie je to, čo milujem? Povedal majster.

Bez čakania na odpoveď si vzal modré džínsy, ukazujúci bedrové svaly, slnečné okuliare ukazujúce modré oči a nakoniec jeho spodná bielizeň ukazujúca dokonalosť dlhého penisu, strednej hrúbky a trojuholníkovú hlavu. Stačilo, aby malé kurvy padli na vrchol a začali si užívať to mužné, mladistvé telo. S jeho pomocou sa vyzliekli a začali predbežné sexuálne konanie.

V skratke, toto bolo úžasné sexuálne stretnutie, kde zažili mnoho nových vecí. Bolo to skoro 40 minút divokého sexu v úplnej harmónii. V týchto chvíľach bola emócia taká veľká, že si ani nevšimli čas a priestor. Preto boli nekonečné skrz Božiu lásku.

Keď sa dostali k extáze, trochu odpočívali na gauči. Potom študovali disciplíny kladené konkurenciou. Ako študenti, tí dvaja boli užitoční, inteligentní a disciplinovaní, čo zaznamenal učiteľ. Som si istý, že boli na ceste k schváleniu.

O tri hodiny neskôr prestali sľubovať nové študijné stretnutia. Šťastný v živote, perverzné sestry sa postarali o svoje ďalšie povinnosti, ktoré už premýšľal, ako ďalších dobrodružstvách. V meste boli známi, ako "Nevyužiteľný".

Test hospodárskej súťaže

Už je to dlho. Asi dva mesiace sa zvrátené sestry venovali súťaži podľa dostupného času. Každý deň, ktorý prešiel, boli viac pripravení na to, čo prišlo a odišlo. Zároveň sa vyskytli sexuálne stretnutia a v týchto chvíľach boli oslobodené.

Konečne dorazil ten test. Odchádzajúc z hlavného mesta vnútrozemia, dve sestry začali kráčať po diaľnici BR 232 na celkovej trase 250 km. Na ceste prešli hlavnými bodmi vnútra štátu: Pesqueira, Belo Jardim, São Caetano, Caruaru, Gravatá, Bezerros a Vitória de Santo Antão. Každé z týchto miest malo príbeh a z ich skúseností ho absorbovali úplne. Aké bolo dobré vidieť hory, Atlantický les, farmy, dediny, malé mestá a vypiť čistý vzduch prichádzajúci z lesov. Pernambuco bol naozaj úžasný štát!

Vstup do mestského obvodu hlavného mesta, oslavujú dobré realizácie cesty. Choďte hlavnou cestou do susedstva, kde by robili test.

Na ceste čelia preťaženej doprave, ľahostajnosti od cudzích ľudí, znečistenému ovzdušiu a nedostatočnému vedeniu. Ale konečne to dokázali. Vstupujú do príslušnej budovy, identifikujú sa a začnú test, ktorý by trval dva obdobia. Počas prvej časti testu sa úplne zameriavajú na výzvu otázok s možnosťou výberu viacerých možností Dobre vypracovaná bankou zodpovednou za udalosť, podporuje rozmanitejšie rozdelenie týchto dvoch oblastí. Podľa ich názoru sa im darilo dobre. Keď si dali pauzu, išli na obed a džús v reštaurácii pred budovou. Tieto momenty boli pre nich dôležité, aby si zachovali dôveru, vzťah a priateľstvo.

Potom sa vrátili na miesto testu. Potom začala druhá časť udalosti s otázkami, ktoré sa zaoberajú inými disciplínami. Aj bez toho, aby si udržal rovnaké tempo, boli vo svojich odpovediach stále veľmi vnímavé. Takto dokázali, že najlepším spôsobom ako prejsť súťaže je venovať veľa štúdiám. O chvíľu neskôr ukončili svoju dôvernú účasť. Odovzdali dôkazy, vrátili sa k autu, smerovali k pláži, ktorá sa nachádza neďaleko.

Na ceste, zapli zvuk, vyjadrili sa k pretekom a pokročili v uliciach Recife, sledovali osvetlené ulice hlavného mesta, pretože bola takmer noc. Obdivujú sa na tom divadle. Niet divu, že mesto je známe ako " hlavné mesto trópov „. Slnko dáva prostrediu ešte veľkolepejší pohľad. Aké milé byť tam v tej chvíli!

Keď sa dostali k novému bodu, priblížili sa k morským brehom a potom sa začali vypúšťať do chladných a pokojných vôd. Pocit vyprovokovaný je nadšený radosťou, spokojnosťou, uspokojením a mierom. Strácajú pojem o čase, plávajú až kým nie sú unavení. Potom ležia na pláži v hviezdnom svetle bez strachu alebo strachu. Magík ich vzala brilantne. Jedno slovo, ktoré sa má použiť v tomto prípade bolo "nepremárniteľné".

V určitom bode, keď pláž takmer opustená, existuje prístup dvoch mužov dievčat. Snažia sa postaviť a utekať pred nebezpečenstvo. Ale sú zastavené silnými rukami chlapcov.

"Upokojte sa, dievčatá! Neublížime ti! Žiadame len trochu pozornosti a náklonnosti! - Jeden z nich hovoril.

Tvárou v tvár mláďatom, dievčatá sa smiali emóciami. Ak chceli sex, prečo ich neuspokojiť? Boli majstrom v tomto umení. Reakcia na ich očakávania sa postavili a pomohli im vyzliecť sa. Doručili dva kondómy a urobili striptíz. Stačilo to, aby tí dvaja muži zbláznili.

Padajúc na zem, milovali sa v pároch a ich pohyby sa trasie podlahou. Dovolili si všetky sexuálne zmeny a túžby oboch. V tomto bode pôrodu sa nestarali o nič, ani o nikoho. Pre nich boli sami vo vesmíre vo veľkom rituáli lásky bez predsudkov. V sexe boli úplne prepletené a produkovali silu, ktorú nikdy predtým nevideli. Ako nástroje, boli súčasťou väčšej sily v pokračovaní života.

Len vyčerpanie ich núti prestať. Úplne spokojní, muži odišli a odišli. Dievčatá sa rozhodli vrátiť sa do auta. Začnú cestovať späť do svojho domu. Úplne dobre, vzali si so sebou svoje skúsenosti a očakávali dobré správy o súťaži, na ktorej sa zúčastnili. Určite si zaslúžili veľa šťastia na svete.

O tri hodiny neskôr prišli domov v pokoji. Vďaka Bohu za požehnanie udelené tým, že spali. Minule som čakal na ďalšie emócie pre dvoch maniakov.

Návrat učiteľa

Svitol deň. Slnko vychádza skoro, keď sa jeho lúče prechádzajú cez trhliny okna, ktoré pohladia tváre našich drahých bábätiek. Okrem toho, jemný ranný vánok pomohol vytvoriť náladu. Aké pekné je mať príležitosť na ďalší deň s požehnaním mojich rodičov. Pomaly, tí dvaja vstávajú z ich postelí takmer v rovnakom čase. Po kúpaní sa ich stretnutie uskutoční v klenbe, kde spolu pripravujú raňajky. Je to moment radosti, predvídania a rozptýlenia, ktoré sa delia o zážitky v neuveriteľne fantastických časoch.

Po raňajkách sa zhromaždia okolo stola pohodlne sediace na drevených stoličkách s operadlom pre stĺpec. Kým jedia, vymieňajú si intímne skúsenosti.

Belinha.

Moja sestra, čo to bolo?

Amelinha.

Čisté emócie! Stále si pamätám každý detail tiel tých drahých hlupákov!

Belinha.

Ja tiež! Bolo mi potešením. Bol to úžasný zážitok.

Amelinha.

Ja viem! Robme tieto bláznivé veci častejšie!

Belinha.

Súhlasím!

Amelinha.

Páčil sa ti test?

Belinha.

Miloval som to. Umieram túžbou skontrolovať moje vystúpenie!

Amelinha.

Ja tiež!

Akonáhle skončili kŕmenie, dievčatá zdvihli mobilné telefóny prístupom na mobilný internet. Prešli na stranu organizácie, aby skontrolovali spätnú väzbu dôkazu Napísali to na papier a išli do miestnosti skontrolovať odpovede.

Vnútri skákali po radosti, keď videli dobrú správu. Prešli! Citlivosť emócií sa nedá teraz zmierniť. Po mnohých oslavách má najlepší nápad: pozvať pána Renato, aby mohli oslavovať úspech misie. Belinha je opäť zodpovedná za misiu. Zdvihla telefón a telefonáty.

Belinha

Haló?

Renato

Ahoj, si v poriadku? Ako sa máš, zlatíčko?

Belinha

Dobre teda! Hádaj, čo sa práve stalo.

Renato

Nehovor mi, že...

Belinha

Áno! Prešli sme súťaž!

Renato

Blahoželám! Nepovedal som ti to?

Belinha

Chcem vám veľmi poďakovať za vašu spoluprácu v každom smere. Rozumieš mi, však?

Renato.

Rozumiem. Musíme niečo pripraviť Najlepšie v tvojom dome.

Belinha.

Presne preto som volal Môžeme to urobiť dnes?

Renato

Áno! Môžem to urobiť dnes večer.

Belinha

Zaujímalo by ma. Očakávame vás o ôsmej večer.

Renato

Dobre. Môžem si vziať brata?

Belinha.

Samozrejme!

Renato

Uvidíme sa neskôr!

Belinha.

Uvidíme sa neskôr!

Spojenie končí. Pozerať sa na svoju sestru, Belinha sa smeje šťastia Zvláštne, druhý sa pýta:

Amelinha.

No a čo? Príde?

Belinha.

To je v poriadku! O ôsmej večer sa stretneme. On a jeho brat prichádzajú! Rozmýšľal si o sexuálnych orgiách?

Amelinha.

Hovor mi o tom! Už teraz pulzujem emócie!

Belinha.

Nech je srdce! Dúfam, že to vyjde!

Amelinha

- Všetko je už vyčistené!

Oba smiechy súčasne napĺňajú prostredie pozitívnymi vibráciami. V tom momente som nepochyboval, že osud sa sprisahal na noc zábavy pre tú maniaci duo Už spolu dosiahli toľko fáz, že by sa teraz neoslabili. Preto musia naďalej uctievať mužov, ako sexuálnu hru a potom ich vylúčiť. To bola najmenej rasa, aby zaplatili za ich utrpenie V skutočnosti si žiadna žena nezaslúži trpieť. Alebo skôr, skoro každá žena si zaslúži žiadnu bolesť

Čas ísť do práce. Opustili sme izbu, obe sestry idú na parkovisko, kde odchádzajú v ich súkromnom aute. Amelinha najprv vezme Belinha do školy a potom odíde na farmu Tam, sršia radosťou a rozpráva profesionálne správy. Za schválenie súťaže dostáva blahoželanie všetkých. To isté sa stane Belinha

Neskôr sa vrátia domov a stretnú sa znova. Potom začne príprava na prijatie svojich kolegov. Deň sľúbil, že bude ešte špeciálnejší.

Presne v plánovanom čase počujú klopanie na dvere. Belinha, najmúdrejší z nich, vstáva a odpovede. S pevnými a bezpečnými krokmi sa vloží do dverí a otvorí ich pomaly. Po ukončení tejto operácie si predstaví bratov. So signálom od hosteska, vstúpia a usadia sa na gauči v obývačke.

Renato

Toto je môj brat. Volá sa Ricardo.

Belinha

Rád ťa spoznávam, Ricardo.

Amelinha

Ste tu vítaní!

Ricardo

Ďakujem vám obom. Potešenie je na mojej strane!

Renato

Som pripravený! Môžeme ísť do izby?

Belinha

No tak!

Amelinha

Kto dostane koho teraz?

Renato

Ja si vyberám Belinha.

Belinha

Ďakujem, Renato, ďakujem! Sme spolu!

Ricardo

Budem rada, ak zostanem s Amelinha!

Amelinha

Chveješ sa!

Ricardo

Uvidíme!

Belinha.

Tak nech sa párty začne!

Muži jemne umiestnili ženy na ruku, ktoré ich nosili do postele umiestnené v spálni jednej z nich. Prichádzajú sem, vyzliekajú sa a padajú do nádherného nábytku, ktorý začína rituál lásky vo viacerých pozíciách, vymieňajú si pohľady a spoluviny Vzrušenie a potešenie boli také veľké, že tie stony bolo počuť cez ulicu, aby škandalizovali susedov. Teda, nie tak veľa, pretože už vedeli o svojej sláve

S závcrom zhora sa milenci vrátia do kuchyne, kde pijú džús s koláčikmi. Počas jedenia, rozprávajú sa dve hodiny, zvyšujú vzájomnú pôsobnosť skupiny Aké bolo dobré byť tam, učiť sa o živote a, ako byť šťastný. Obsah je k sebe v poriadku a svet potvrdzuje svoje skúsenosti a hodnoty pred ostatnými, ktorí nesú istotu, že ho nemôžu súdiť ostatní. Preto maximum, o ktorom verili, bolo "každý je jeho vlastný človek"

Do súmraku sa konečne rozlúčia. Návštevníci odchádzajú z "Drahých Pyrenejí" ešte viac euforickí, keď rozmýšľajú o nových situáciách Svet sa stále otáčal smerom k dvom dôverníkom. Nech majú šťastie!

Koniec.

www.ingramcontent.com/pod-product-compliance
Lightning Source LLC
LaVergne TN
LVHW021051100526
838202LV00082B/5455